LE CHANT
D'AMOUR,

Poëme, par M. ***.

PRIX : 50 CENTIMES.

A TOULON

Au Cabinet de Lecture de M. GUIBERT,

LIBRAIRE PLACE D'ARMES N° 19 AU 1ᶜʳ ÉTAGE.

1834.

LE CHANT

D'AMOUR,

Poëme, par M. ***.

PRIX : 50 CENTIMES.

TOULON

Au Cabinet de Lecture de M. GUIBERT,
LIBRAIRE PLACE D'ARMES N° 19 AU 1er ÉTAGE.

1834.

LE CHANT

D'AMOUR.

C'en est donc fait, plus d'espérance,
Son cœur de moi s'est détourné ;
Ses pas évitent ma présence,
Et par la douleur consterné,
L'amour ne dit plus ma souffrance
A celle qui l'a condamné !

J'avais cru voir flamme de vie
Dans ces yeux qui m'ont enchaîné ;
J'y plongeais mon âme ravie
Et d'un vain espoir entraîné,
J'aimais jusqu'à la folle envie
De vaincre son cœur obstiné !

Je me disais : aimons encore,
Aimons toujours ses traits divins,
Souvent les larmes de l'aurore
Rendent les jours purs et sereins,
Et la fleur est bien près d'éclore,
Quand l'onde a fraîchi nos jardins.

Ainsi de pleurs toujours humides
Que mes yeux disent mon amour ,
De ses feux les éclairs rapides ,
Dans son cœur glisseront un jour ;
Les amans d'espoir sont avides
Et j'espérais tendre retour !

Espoir d'amour , charmante ivresse ,
Laisse-moi ton cruel poison ,
Faut-il hélas , que je te laisse
Aux bords de ma jeune saison !
Ta douce erreur que je caresse ,
Vaut mieux que la froide raison.

Non , je ne puis cesser de vivre
Sans avoir goûté le bonheur !
Le temps si prompt a peine à suivre
Les élans pressés de mon cœur ;
Et ce nectar dont je m'enivre
Ajoute encor à mon ardeur !

Je redirai ma peine extrême
A l'objet de mes tendres feux ,
J'embellirai celle que j'aime
Des chants de mon luth amoureux ;
Et dans le sein du bonheur même
J'exprimerai des chastes vœux !

Reviens à celui qui t'adore,
Cruel objet de mon tourment,
Non jamais la voix qui t'implore
Ne trahira ton doux serment;
Et ta vertu plus belle encore
Sera l'orgueil de ton amant !

Laisse-moi lire dans ton âme,
Ne baisse plus ces yeux charmans
Et reçois l'aveu de ma flamme
Que t'offrent mes regards tremblans;
Ta pitié peut mieux que le blâme
Adoucir les maux que je sens.

Pourquoi me cacher ta présence
Qui seule fait tout mon bonheur,
Tu peux me réduire au silence ;
Mais pourras-tu changer mon cœur?
J'ai bravé ton indifférence
Qu'espères-tu de ta rigueur?

Crois-moi, bannis cette contrainte
Qui sans fruit arrête tes pas,
Est-ce à toi d'éprouver la crainte
Qu'inspirent tes divins appas ?
Moi qni sens leur cruelle atteinte
Je soupire et ne me plains pas !

Plus prompte que l'abeille avide
Qu'attire la fleur du printemps ;
Que Progné dont l'aile rapide
A rasé nos près renaissans ;
Ou que la colombe timide
Que poursuit l'aigle aux cris perçans ;

De chagrins mon âme flétrie
Vers toi respira le bonheur ;
Et crut trouver source de vie
Dans les feux de ton chaste cœur ;
Pardonne, ô ma cruelle amie !
Pardonne et plains ma folle ardeur.

Je sais que le devoir austère
Ferme l'oreille à mes soupirs,
Que de l'hymen la voix sévère
Nous défend d'indignes désirs ;
Mais d'amour le tendre mystère
N'a-t-il plus ses chastes plaisirs ?

O si d'une douce entremise
Ce dieu m'accordant la faveur,
Surprenait ton âme indécise
Dans une rêveuse douleur ;
Et d'un front que rien ne déguise
Me montrait l'aimable rougeur!

Si du trouble où ta voix me plonge

Tu sentais le frémissement ;
Si ta bouche exprimait le songe
Que mes nuits retracent souvent ;
Si tes yeux par un doux mensonge
Semblaient fuir ceux de ton amant !

Alors, au plus tendre délire
Livrant ton cœur et tes beaux jours
Tu connaîtrais ce doux martyre
Qu'on fuit et qu'on aime toujours ;
Ce plaisir pur que l'on respire
Au sein des pudiques amours !

Tu chercherais d'un œil avide
Celui que tu veux éviter,
Tu quitterais d'un pas rapide
Les lieux qu'il viendrait de quitter ;
Et sur lui ton regard timide
En fuyant voudrait s'arrêter.

Pour lui d'une taille élégante
Tu dessinerais les contours ;
Pour lui la toilette brillante
Te prêterait ses mille atours ;
De l'esprit la grâce piquante
Pour lui charmerait tes discours.

Tous les soirs devant ta fenêtre

Immobile et les yeux fixés ; ...
Quand tu le verrais apparaître
Tes soupirs seraient moins pressés ;
Et ta main lui ferait connaître
Tes vœux par les siens devancés.

Pendant la nuit sa douce image
Près de toi viendrait reposer,
Et comme le sylphe volage
Te ravirait un doux baiser,
Baiser divin, pudique hommage
Dont l'hymen ne peut s'offenser !

C'est alors, ô ma douce amie
Que de ce cœur si redouté
Tu connaîtrais la noble envie.
La grandeur, la fidélité,
Son amour pur comme sa vie,
Sévère comme ta beauté.

Alors d'une amoureuse chaîne
Resserrant le tendre lien,
Ce luth que la douleur enchaîne
Chanterait son souverain bien,
Et le ciel bénirait sans peine
Un bonheur qui serait le tien.

Mais si de l'ardeur qui m'enflamme
Les éclairs troublant ta raison,
Tu voulais enivrer ton âme
Aux flots de l'amoureux poison ;
Si tes yeux dont je crains le blâme
M'annonçaient un tendre abandon !...

O de quel bonheur ineffable
Nos cœurs alors seraient surpris !
Je sens le plaisir qui t'accable
J'entends déjà ses premiers cris ,
Tu meurs avant d'être coupable
Du premier baiser que j'ai pris !...

Ouvres ton sein ma bien aimée ,
Livres-moi ces trésors cachés ;
Envain la pudeur allarmée
Retient ces voiles détachés ;
D'amour tu seras consumée
Quand ma main les aura touchés !

Dans tes yeux remplis de tristesse
J'ai vu s'exiler ta frayeur ;
Mais sur ta bouche avec ivresse
J'ai placé les feux de mon cœur ,
Et ta main que ma main caresse
Tombe sous le poids du bonheur !...

Tes soupirs disent ta défaite
Tes douces pleurs roulent sur moi ,

D'amour le triomphe s'apprête
Et ton front a pâli d'effroi ;
Mais envain le plaisir s'arrête
Mon cœur ne peut suivre sa loi!...

Cependant quelle douce ivresse
Brille dans tes yeux satisfaits !
Mieux que moi ta vive tendresse
D'amour sait doubler les bienfaits.
Oui , tu sens mieux , je le confesse ,
Oui , tes bais ers sont plus parfaits.

Reposes ta tête baissée
Sur mon sein toujours agité,
Verses-y la triste pensée
Qui trouble ta sérénité ;
Le lis tout chargé de rosée
Perd-il l'éclat de sa beauté?

Vois-tu sur la rive fleurie
La tige du roi du printemps ,
Des feux du jour pâle et flétrie
Courber ses rameaux languissans ?
Il soupire l'onde chérie
Et baise ses flots caressans !

Mais bientôt de son vert feuillage
Saturé du frais des ruisseaux ,
A son tour il prête l'ombrage
Au peuple amoureux des oiseaux ;

Et la nymphe de ce rivage
Sourit à des baisers nouveaux !

Ainsi quand les feux de ta bouche
Feront pâlir ceux de mon cœur ,
Je m'inclinerai sur ta couche
Au bruit de ton souffle enchanteur,
Jusqu'à ce qu'un baiser me touche
Et m'appelle encore au bonheur !

Alors que ton bras me couronne ,
Que mes yeux rencontrent les tiens ;
Des doux noms que ton cœur me donne
Reprends les charmans entretiens ,
Et sans compter l'heure qui sonne
Bravons tes argus et les miens.

Laisse-moi baiser ta paupière
Humide encore de plaisirs ,
De Phœbé la blanche lumière
A pâli comme nos désirs ;
Mais du jour la fraîche courrière
Rend la voix aux tendres soupirs !

Ce n'est plus la flamme brillante
Qui ressuscitait nos transports ,
Ni cette chaleur délirante
Qui des sens use les ressorts ;
De l'amour la coupe charmante
Dans nos cœurs s'écoule à pleins bords.

Mon âme errante se promène
Parmi ses baisers incertains,
Partout où le désir l'entraîne
Sans compter ses nombreux larcins,
Et puise dans ta douce haleine
Tous les parfums de nos jardins!

Tes regards n'ont plus ces allarmes
Qui troublaient nos ravissemens,
Ta main ne défend plus tes charmes
Contre mes désirs renaissans,
Le plaisir a séché tes larmes
Et lassé tes bras caressans!. .

Mais de ta douce quiétude
Qui dira les charmans secrets?
Du calme de la solitude
J'ai souvent goûté les bienfaits,
D'amour j'ai chanté le prélude
Et vuidé sa coupe à longs traits!

Le dieu des vers de son délire
Echauffe les cœurs vertueux,
Et les chants que la gloire inspire,
Transportent l'homme dans les cieux;
Des bienfaits j'ai connu l'empire
L'amitié sut combler mes vœux!

Mais nul bonheur sur cette terre
Ne peut égaler le destin,

De l'amant que ton bras enserre
Et qui repose sur ton sein ;
Quand pressant une main si chère
Il te jure un amour sans fin !

Quand près de lui faible, abattue,
Lasse d'amour et de bonheur ,
De mille grâces revêtue
Il te voit douter de son cœur ,
Et de noirs pensers combattue
Sentir l'espoir et la terreur !

Comme alors sa voix caressante
Prompte à calmer tes vains soupçons,
Rassure ton âme tremblante
Et te donne en mille façons ,
Tous ces noms qu'une bouche aimante
Mêle à ses douces trahisons !

A sa foi ta foi s'abandonne
L'espoir te ramène au plaisir ,
De tes yeux où son feu rayonne
De nouveaux feux vont rejaillir ,
Et sous mon bras qui t'environne
J'ai senti ton cœur tressaillir !

Viens , unissons encor nos âmes ,
Arrêtons le bonheur qui fuit ;
Des beaux jours les plus belles trames
Touchent l'instant qui les détruit,

Et d'amour les céleste flammes
Consument l'espoir qui nous luit.

Suivons , suivons ma douce amie
Le torrent de la volupté ,
Epuisons la coupe de vie
Que ce Dieu nous a présenté ,
Et puisse mon âme assouvie
S'éteindre au sein de la beauté!...

C'est ainsi qu'une douce ivresse
Charmait les ennuis de mon cœur ,
Lors qu'une image enchanteresse
Me faisait rêver le bonheur ,
Et noyait ma sombre tristesse
Aux plaisirs d'un songe trompeur!...

Mais hélas! cette vaine image
D'un bonheur de l'homme ignoré ,
Plus prompte qu'un léger nuage
A fui mon esprit éploré ;
Et de loin j'ai vu le rivage
Que mes vœux avaient imploré!

Telle au sein de l'onde endurcie
Où le flot n'est plus sillonné ,
Apparaît la terre chérie
Aux yeux du marin étonné ;
Il voit le ciel de la patrie
Et le champ qu'il a moissonné.

C'est l'heureux port que sollicite
Son vaisseau des vagues brisé ;
C'est le toit que son cœur habite
Le fleuve en ruisseaux divisé ,
Qui serpente et se précipite
Dans son vallon fertilisé.

Il approche ! ô douleur mortelle ,
La vapeur qui l'avait séduit ,
A mêlé son ombre cruelle
A la sombre clarté qui luit ,
Et l'espoir s'abîme avec elle ,
Au sein d'une effroyable nuit !

O qui redira le mystère
Des impénétrables desseins ?
Il est donc vrai qu'un Dieu sévère
Des mortels foulant les destins ,
Leur retire dans sa colère
Les biens qu'il plaça dans leurs mains !

Reviens , séduisante imposture ,
Rêve des cœurs infortunés ,
Toi seule a comblé la mesure
Des biens par eux imaginés ;
Du bonheur la douce peinture ,
Vaut mieux que nos plaisirs bornés.

Toulon , Imprim. de J. M. Baume , place d'Armes.

Toulon, Emp. de Baume.

www.ingramcontent.com/pod-product-compliance
Lightning Source LLC
Chambersburg PA
CBHW061530170626
46811CB00004B/1912